Horst Becht

Kurz(e)Geschichten aus dem Sackdorf

Kurz(e) Geschichten aus dem „Sackdorf"

(Impressionen aus einer vergangenen Zeit)

Text u. Cover: Horst Becht

Herstellung und Verlag: BoD-Books on Demand, Norderstedt

ISBN 978 3 7412 5582 3

Neuauflage

Printed in Germany

2016 © Horst Becht

H.G.Becht@t-online.de

Die Deutsche Nationalbibliothek verzeichnet diese Publikation in der Deutschen Nationalbiografie, unter:

Dnb.d-nb.de

Gliederung

Einführung	S. 6
Schlachtfest	S. 11
Folgenreiche Liebelei	S. 17
Verirrungen	S. 37
Liebeskummer	S. 47
Unverhofft kommt oft	S. 57
Stadtkater vernascht Dorfmaus	S. 65
Katzenjammer	S. 73
Einmal NEIN, einmal JA	S. 79
Der grobe Klotz	S. 84
Tante Sophie	S. 96
Ausblick	S.103
Zum Autor	S.104

Zur Themenauswahl- eine Einführung-

Der Autor ist größtenteils auf dem Land aufgewachsen und zwar in den 50er Jahren. Damals gab es noch Viehfuhrwerke, man spannte entweder Ochsen, oder je nach Wohlstand, auch Pferde vor die Wägen und fuhr damit im Schritttempo auf die Felder. Diese „Entschleunigung", damals gezwungenermaßen - heute dringend notwendig - wirkte sich auch auf die Natur der Menschen aus. Man redete miteinander, wusste über die Situation des Nachbarn Bescheid, nahm Anteil an seinen Umständen, oder wollte nichts mit ihm zu tun haben. Zeit war kein Thema, sie war vorhanden. Knapp konnte sie nur werden, wenn ein „Wetter"(=Gewitter) aufzog und man schnell noch vorher die Ernte ins Trockene, meist in die nächstgelegene Scheune, bringen musste. Auf dem Felde, beim Heu machen oder Getreide ernten musste man sich gegenseitig unterstützen, weil alles „Handarbeit" war. Oft mussten schon die Kleinen mithelfen, zumindest die Tiere am Zügel halten, damit diese während des Aufladens stillstanden. Deshalb bekamen die Kinder zur Erntezeit auch meistens schulfrei. Das Leben spielte sich in den Sommermonaten überwiegend auf dem Felde ab. Zur Mittags- oder Vesperzeit saß man zusammen, meist unter einem der großen Laubbäume, die es damals auf den Feldern noch gab. Das Wort: Flurbereinigung kannte noch niemand, das kam erst viel später auf, als alle Felder maschinengerecht „bereinigt" wurden. Die Vögel, allen voran Bussarde, Falken und Habichte, fanden keine Bäume mehr zum nach Mäusen Ausschau halten. Stattdessen schuf man künstliche „Krücken", nämlich Pfosten mit Querstangen versehen, auch „Andreaskreuz" genannt. Diese bot man ihnen als Ersatz für lebendige Bäume an, welch ein trauriges Bild sich einem da viele Jahre später bot! Die Menschen wurden stark von der Landschaft, von den Tages-und Jahreszeiten, und von den Lebensumständen geprägt. Die Wertvorstellungen waren meist kollektiver Art, man wusste einfach, was sich für einen Burschen, für ein Mädchen schickte und was nicht. Auswüchse gab es selten. Wenn doch mal einer passierte, dann wurde er meist gnadenlos geahndet. In solchen Fällen wirkten die einzelnen Instanzen der Obrigkeit (Pfarrer, Lehrer, Schultes...) zusammen und versuchten gemeinsam, den oder die Gestrauchelte(n) wieder in die dörfliche Gemeinschaft zurückzuführen. Wenn ein Mädchen zum Beispiel ungewollt schwanger wurde, so konnte durch eine rasche Heirat, am besten noch bevor man "etwas sah",- die Angelegenheit wieder bereinigt werden. Schwierig wurde es allerdings, wenn die Herkunft der beiden Unglücksvögel zu unterschiedlich war, denn es galt immer noch der alte schwäbische Spruch: „Sach gehört zum Sach", oder, etwas geläufiger ausgedrückt: Schönheit vergeht, Grundstück besteht. Man achtete schon darauf, dass kein „Habenichts" in eine wohlhabende Bauernfamilie einheiratete.

Ich wünsche Ihnen beschauliche und amüsante Momente beim Eintauchen in diese antiquierte Welt. Für Anregungen und Kritik – vorzugsweise positive – bin ich wie immer, offen und dankbar.

2016

H.G.Becht@t-online.de

„Schlachtfest"

Die Geschichten handeln in einem **„Sack-Dorf"**, das bedeutet, man kann nicht durchfahren. Wer hinwill, bleibt sozusagen „im Sack" stecken. Diese zunächst rein geographische Besonderheit hat aber zwingende Auswirkungen auf die Mentalität der Bewohner; circa 800 an der Zahl. Eingeschlossen sind ein Lehrer, ein kath. Pfarrer, eine Gemeindeschwester, eine Kindergartenschwester, ein Landjäger, ein Büttel und natürlich ein Schultes(meist der reichste Bauer im Dorf oder zumindest einer der reichsten, aber dazu später).

Die Sacksituation und die Tatsache, dass man mit den umliegenden Dörflern in ruppiger Konkurrenz lag bewirkte, dass viel untereinander kopuliert wurde. Da Verhütung ziemlich unbekannt war, blieb es zwangsläufig nicht aus, dass in fast jeder zehnten Familie ein geistig behindertes Kind, ein „Duppel", wie die Einheimischen zu sagen pflegten, aufwuchs. Dies war die folgerichtige Konsequenz einer Inzucht, die man zwar beim Namen nannte, aber dennoch die Zusammenhänge nicht gelten ließ. Es war auch größtenteils kein Problem, die „Duppel" gingen mit aufs Feld, liefen hinter oder neben den Heu-und Erntefuhrwerken her und fanden auch begrenzt im Großfamilienhaushalt überschaubare Tätigkeiten.

Folgende Begebenheit war allerdings alles andere als harmlos, und hätte beinahe einem vierjährigen Mädchen das Leben gekostet.

Es war Winterszeit, die Hausschlachtungen liefen überall auf Hochtouren, Mattheis der Metzger, hatte alle Hände voll zu tun. Er machte sich übrigens einen Spaß daraus, den kleinen Kindern, die beim Schlachten oft zuschauten, die Augen der getöteten Schweine nachzuwerfen. Und wenn er ein Kind getroffen hatte, war das Gekreische des getroffenen Kindes weithin zu hören.

Einer dieser Jungen war Bankratz, der" Duppel" vom Bergerhof. Er schaute gerne beim Schlachten auf anderen Höfen zu und besonders erregte er sich, wenn die Sau abgestochen wurde und dabei lauthals quietschte.

Eines Tages beschloss er in seinem verwirrten Kopf, selbst der Metzger zu sein, nahm die vierjährige Berta vom Titus-Hof an die Hand und führte sie in den nahegelegenen Wald. Die gutgläubige Berta, die den „Banker", wie alle ihn nannten, kannte, ging arglos mit und ahnte nichts Schlimmes.

Spät erst wurde das Fehlen des Kindes bemerkt, damals, auf dem Land, gab es noch keine „Helikoptereltern", die Kinder liefen frei umher, waren(fast)überall dabei, tobten im Dorf herum.

Allmählich wurde das Fehlen der kleinen Berta doch bemerkt und man begann, sie zu suchen und nach ihr zu rufen. Zum Glück hatte ein anderer Junge gesehen, wie der „Banker" mit der Berta an der Hand Richtung Wald spaziert ist. Mutter, Großvater und ein Onkel der Berta gingen in die angedeutete Waldrichtung, es lag tiefer Schnee, das Stapfen war mühsam, die Luft eisig kalt. Die Kinderspuren im Schnee wiesen in Richtung einer Schonung, und dort fanden sie die Beiden auch und waren entsetzt.

Die kleine Berta war nackt an einen Baum gebunden und wimmerte herzerweichend. Ihre Kleider lagen ringsum verstreut im Schnee. Vor ihr stand der „Banker" mit einem Taschenmesser in der Hand und murmelte ständig: "Schweinchen schlachten, Schweinchen schlachten." Dabei stierte er aus glasigen Augen und wirkte wie abwesend. Widerstandslos ließ er sich das Messer abnehmen und sich nach Hause bringen. Klein - Berta wurde losgebunden, wieder angezogen und in den Titus-Hof getragen. Dabei weinte und wimmerte sie ununterbrochen.

Nur mit allergrößter Überzeugungskraft gelang es, Bertas Großvater davon abzuhalten, den „Banker" und seine Sippe nicht durchzuprügeln.

Der Feldschütz wurde benachrichtigt, Bankratz kam in eine Geschlossene Anstalt. Die beiden Bauersfamilien waren seitdem gegenseitig verfeindet und noch nach Jahren, als Berta schon ein Teenager war und am Elternhaus von Bankratz vorbeiging, riefen ihr seine Schwestern nach: „wegen der musste unser Bruder in die "Klappse", die ist schuld daran!"

Folgenreiche Liebelei

Im **Sackdorf** gab es drei Wirtschaften, wovon zwei die „Platzhirsche" waren, die dritte war mehr so eine Vesperkneipe, in der man auf dem Weg ins Feld kurz einkehrte und ein, zwei Flaschen Bier hinunterstürzte. Die beiden anderen, der „Pfauen" und der „Hirschen" konkurrierten heftig miteinander, man kann fast von einer Fehde sprechen. Die beiden Wirte gingen sich aus dem Weg, so gut das eben in einem Sackdorf möglich ist. Sie redeten nicht miteinander, aber umso mehr übereinander. Keiner ließ am anderen auch nur ein gutes Haar und jeder war natürlich im Recht. Worauf sich die Streitigkeiten gründeten, konnte keiner der beiden

Streithähne mehr sagen. Man munkelte, es ging auf ihre beiden Großväter zurück, der Pfauenwirt soll damals dem Hirschenwirt einen ihm schon zugesprochenen Acker nicht gegeben haben, ja den Wirt sogar hochkantig vor die Tür gesetzt haben, als dieser wegen einer Aussprache vorbeikam. Beide Wirte waren auch die größten Bauern im Dorf, der Pfauenwirt betrieb zusätzlich noch eine Metzgerei und hatte einen Saalanbau an seiner Wirtschaft. Dieser wurde gerne zu weihnachtlichen Theateraufführungen und vor allem für Hochzeiten, bei denen immer das ganze Dorf eingeladen war, benutzt. Dies und der Umstand, dass beim Pfauenwirt das Vieh prächtig im Stall stand und jede Milchkuh problemlos einmal im Jahr ohne Komplikationenkälberte, während im Stall des Hirschenwirts der Viehdoktor praktisch Stammgast war, trugen zur

Fehde bei. Neid und Missgunst waren sozusagen stille Teilhaber an den Streitigkeiten, auch der anderen Dörfler. Nun ist es in so einem Dorf nicht unerheblich, dass das Vieh gedeiht und Ertrag abwirft; nein, der Bauer hatte auch zeitig für einen zünftigen Hoferben zu sorgen. Und hier war die Sachlage nun gerade umgekehrt. Fast zeitgleich kamen die beiden Bäuerinnen in die Wehen. Während beim Hirschenwirt aber bald ein kräftiger und gesunder Junge schrie, brachte die Pfauenwirtin „nur" ein Mädchen zur Welt und dazu noch ein schwächliches. Der Hirschenwirt prustete seine Schadenfreude offen hinaus, spendete Freibier jedem, der sich nur seinen Stammhalter ansehen wollte und sich entsprechend lobend über den prächtigen Säugling äußerte. Dies wurde natürlich dem Pfauenwirt auch zugetragen, so dass dieser immer mehr im Groll versank und es ihm sehr schwer fiel, sein Töchterchen anzunehmen. Er haderte mit seinem Schicksal, fluchte ständig herum, so dass ihn sogar der Herr Pfarrer einmal ermahnte und ihm klarmachte, dass sein Verhalten so ziemlich einer Gotteslästerung nahekomme. Was den Wirt eigentlich wenig kümmerte, denn von Pfaffen hatte er noch nie viel gehalten. Sie predigen Wasser, trinken aber selber Wein, wie der Wirt zu sagen pflegte. Allerdings brachte es dem Dorfpfarrer die Konsequenz ein, dass bei der nächsten Schlachtung die allgemein übliche „Sendung" an Fleisch und Wurst für den Pfarrer äußerst überschaubar ausfiel, was diesen wiederum innerlich fluchen ließ. So gingen die Jahre dahin, die Kinder wuchsen auf, besuchten gemeinsam die dörfliche Gesamt-schule, die Fehde der Eltern blieb bestehen, was inzwischen eine gewisse Selbstverständlichkeit im Dorf war. Es gab zwei Lager, zum einen die Männer, die im „Pfauen" ihr Bier tranken. Zum anderen die „Hirschen-Gänger", meist bevorzugte Mosttrinker. Bei Festveranstaltungen, wo man gemeinsam auf den Pfauensaal angewiesen war, achtete man sehr darauf, auch tischweise unter seinesgleichen zu sein und nicht mit „den Anderen" gesehen zu werden. So sehr die Frauen der Bauern auch vermittelten, es blieb beim alten Zustand. Einige Bäuerinnen schürten allerdings mit Klatsch und übler Nachrede die Fehde noch ordentlich.

Im kommenden Frühjahr wurde wieder ein neuer Schultes gewählt, der amtierende Wendelin wollte altershalber nicht mehr, ihn plagte die Gicht auch zunehmend. Er war übrigens der einzige Schultes seit vielen, vielen Jahren, der nicht aus einem der beiden Groß-Höfe kam. Beide, sowohl der Pfauenwirt als auch der Hirschenwirt stellten sich zur Wahl, die zunehmend einer Schlammschlacht glitt. Das Rennen machte der Pfauenwirt, er hatte wohl das meiste Freibier verteilt. Tagelang wurde gezetert und gemunkelt, er habe sich Stimmen gekauft, ja sogar die Wahlzettel manipuliert. Da wurde es dem Pfauenwirt zu dumm. Er ließ durch den Landjäger verkünden, wer noch einmal sowas behaupte, werde gerichtlich belangt werden. Es sollte nicht seine einzige Drohung sein, der Landjäger war ein entfernter Verwandter vom Wirt, aber darüber später. Die Jahre zogen dahin, im Winter wurde geschlachtet und das Gerät repariert und gewartet, im Frühjahr ausgesät, Sommer und Herbst waren der Ernte und dem „Heumachen" vorbehalten. Die

Wirtskinder befanden sich im letzten Schuljahr der gemeinschaftlichen Volksschule und somit in ihrem vierzehnten Lebensjahr. Und sie waren heftig ineinander „verknallt". Die besondere Würze ihrer Gefühlswallungen füreinander bestand natürlich darin, dass es die jeweiligen Eltern auf keinen Fall erfahren durften. Lucie kannte ihren jähzornigen Vater nur zu gut und fürchtete seine blitzartigen Wutausbrüche sehr. Helmes Vater, also der Hirschenwirt, wurde zunehmend sein bester Gast. Abend für Abend war er betrunken und in diesem Zustand auch nicht gerade vertrauenerweckend, wenn nicht sogar gefährlich unberechenbar. Das junge Pärchen traf sich gerne im Tannwäldle beim großen, steinernen Wegekreuz. In der Nähe stand etwas versteckt die alte Scheune von Lucies Onkel, die dieser schon lange nicht mehr benutzte. Ein idealer Platz zum Kuscheln, Schmusen, Knutschen, und…. So kam es, wie es nicht kommen durfte: das Knutschen wurde heftiger, das Schmusen intensiver, die Küsse immer fordernder… und Lucie wurde schwanger! Lange bemerkte sie es nicht, denn Aufklärung stand nicht auf dem Lehrplan der Dorfschule und mit ihrer Mutter konnte sie über solche Dinge wie ihr „Monatssach"(wie „es" allgemein ziemlich hilflos bezeichnet wurde), nicht reden. Der Schrecken war unermesslich, als sich für Lucie die Gewissheit einstellte, dass ihre Übelkeit und ihre ausbleibenden Blutungen nur eine Ursache haben konnte, nämlich die einer Schwangerschaft. Ihr Bäuchlein begann zu spannen und nicht mehr lange und es würde sich wölben. Wem sollte sie sich anvertrauen, wie lange war ihr Zustand noch zu verheimlichen und vor allem: wie würden die Eltern reagieren? Auf Helmes konnte sie nicht zählen, er jammerte rum, machte ihr Vorwürfe, dass SIE nicht aufgepasst habe, schließlich müsse man doch als Mädchen wissen, wann „es" gefährlich sei und wann nicht. Verflogen waren die intensiven Wallungen wenn sie ihn kommen sah, sie empfand nur noch Abneigung, ja sogar Mitleid für ihn.

Es geschah beim Strohballen verladen, Lucie stand auf dem Leiterwagen, die schwere Mistgabel in Händen und sollte dem Vater, der oben auf der Tenne stand, die Strohballen hochhieven. Als sie immer und immer wieder eine Erschöpfungspause machen musste, sagte ihr Vater „was ist denn heute mit dir los, Mädle, sonst schaffst du das doch spielend?" Da fasste sie allen ihren Mut zusammen und erwiderte kleinlaut "Ich muss auch für Zwei schuften". Der Pfauenwirt wurde kreidebleich, sagte kein Wort, stieg von der Tenne herunter und ging schnurstraks zu seiner Frau, um sie zur Rede zu stellen. „Hast du **das** gewusst?" prustete es aus ihm heraus. Empörung, Wut, Enttäuschung und eine große Bitternis schwangen in seiner Frage mit. Die Bäuerin konnte nur entgegnen, „ich hab es geahnt, geredet hat sie mit mir nicht darüber." Nach dem abendlichen Melken und Füttern wurde Lucie an den großen Eichentisch, der in der Wohnstube stand und von einer Eicheneckbank und vier massiven Eichenstühlen umrandet wurde, zitiert. Man achtete darauf, dass das Gesinde weg war und keine unbefugten Ohren zuhörten. Naheliegend war, neben unzähligen Vorwürfen und Schmähungen natürlich, die Frage nach dem Urheber der ganzen Misere zu stellen. Und Lucie traute ihren Ohren nicht, als sie feststellte, dass es den Eltern, als sie den Namen des Kindsvaters hörten, in erster Linie darum ging, einen Skandal zu vermeiden, bzw. bloß nicht zum Gespött der Leute zu werden und weniger, sie zu maßregeln. Also wurde folgender Plan für die kommenden Monate entworfen: Lucie trifft sich auf keinen Fall mehr heimlich mit dem Helmes, das heißt nur noch einmal, um ihm mitzuteilen, dass alles in Ordnung sei und die „Frucht" bei einer heftigen nächtlichen Blutung „abgegangen" sei. Sie aber mit ihm nichts mehr zu tun haben wolle, weil er sich so jämmerlich verhalten habe und nicht zu ihr gestanden sei. Dann bleibt Lucie viel Zuhause, hilft im Haushalt der ledigen Schwester des Vaters mit, und auch im Stall bei den Jungtieren gäbe es viel zu tun. Melken ließ man sie allerdings nicht mehr. Denn nach dem „Handwörterbuch des Aberglaubens", das vom Großvater her noch auf der Anrichte stand, verderben Schwangere die Milch, wenn sie das Euter anfassen. Des Weiteren solle Lucie möglichst weite Röcke, und sonntags zum Kirchgang, Kleider anziehen. Im Koffer der Tante waren noch viele Stücke gelagert, die zwar fürchterlich nach Mottenkugeln stanken, die man aber umändern konnte, denn schließlich musste schon etwas Strafe sein. Die weiten Röcke sollten ihren zunehmenden Umfang kaschieren. Im Dorf wurde hinter vorgehaltener Hand das Gerücht gestreut, dass Lucie aus unerklärlichen Gründen plötzlich ständig Heißhunger habe und sogar noch nachts aufstehen würde, um die Speiskammer zu plündern, was ihre Gewichtszunahme erklären sollte. Man wisse nicht, woher es komme, eine ganz entfernte

Verwandte habe dies auch mal gehabt. Selbst der Doktor in der Kreisstadt sei ratlos, habe allerdings Pillen verschrieben und zu einer Luftkur geraten. Damit war das Stichwort zum vorletzten Teil des Planes gegeben, man konnte Lucie zu etwas vertrottelten Verwandten ins Allgäu bringen, die würden bestimmt nichts mitkriegen. Dort sollte auch die Entbindung, möglichst verschwiegen und heimlich stattfinden. Wie dann mit dem Bankert, wie ihn der Pfauenwirt schon jetzt nannte, zu verfahren war, darüber hatte er seine ganz speziellen Vorstellungen. Natürlich wurde im Dorf getratscht und gemunkelt, die Gerüchteküche köchelte vor sich hin. Aber schließlich war der Pfauenwirt immer noch Dorfschultes und gemeinsam mit dem Landjäger(wir erinnern uns, ein entfernter Verwandter des Wirtes und ein

Windbeutel in Uniform, der vor dem Schultes kuschte, solange er sich irgendeinen Vorteil versprach und keinen Ärger mit den Vorgesetzten in der Kreisstadt zu befürchten war)sorgte er dafür, dass die Mäuler gestopft wurden und sich niemand mehr traute, etwas Unschickliches über seine Lucie zu verbreiten. Der Tag der Entbindung rückte näher, Lucie war mit furchtbaren Krämpfen und einsetzenden Wehen seit Tagen geplagt. Sie hielt es im Allgäu bei den dumpfen Verwandten nicht mehr aus und telegraphierte nach Hause, dass man sie holen müsse. Der Vater hatte ein Einsehen und holte sie selbst ab, um ihr dann aber klarzumachen, dass sie von den Dörflern niemand zu Gesicht bekommen dürfe. Zwei Tage später, mitten in der Nacht, begannen bei Lucie wieder die Wehen und am anderen Morgen, gegen Fünf, war es vollbracht. Mit Hilfe der Tante und der Mutter brachte Lucie ein Mädchen zur Welt. Und nun schritt der Bauer beherzt zur Tat.

Er nahm den Säugling, wickelte ihn in einen alten Lupfensack und vergrub ihn – lebend – im großen Misthaufen hinter dem Stall.

Lucie getraute sich nicht, ihren Vater nach ihrem Kind zu fragen. Insgeheim redete sie sich ein, der Vater habe das Kind in die Kreisstadt zu den Barmherzigen Schwestern ins Kloster gebracht, dort würde es der Kleinen gutgehen. Es hätte jetzt alles gut weitergehen können, man wäre zum Alltag zurückgekehrt, wenn, ja wenn nicht dummerweise der neugierige Helmes vom Nachbarhof gesehen hätte, wie die hochschwangere Lucie, zwei Tage vor ihrer Niederkunft, einen kleinen Rundgang am frühen Morgen im

Hof machte. Nun streute er überall das Gerücht, dass Lucie eben doch schwanger war und man sich halt fragen würde, wo das Kind geblieben sei? Der Pfauenwirt musste nun in die Initiative gehen, wegducken war nicht seine Art und war auch, angesichts des Klatschpegels nicht mehr geboten. Somit ließ er klarstellen, ja, Lucie habe entbunden, und nein, den Vater kenne man nicht und außerdem sei das Kind tot zur Welt gekommen, man habe es mit Würde und in aller Stille im Garten begraben und wer noch weiterhin Unsinn behaupte, werde durch den Schultes belangt werden und zwar nicht zu knapp. Die Nachricht kam natürlich auch dem Hirschenwirt zu Ohren und er witterte die Chance, nun endlich die uralte, immer noch offene Rechnung zu begleichen. Somit zog er seinen besten Anzug an, achtete darauf, dass er nicht schon wieder am Morgen eine Schnapsfahne hatte(was ihm nicht leicht fiel, aber die Sache war`s ihm wert)und fuhr aufs Kommissariat in die Kreisstadt. Dort schilderte er dem Beamten, dass eine Geburt im Dorf stattgefunden habe und man sich allgemein fragen würde, wo der Säugling abgeblieben sei? Der Beamte nahm die Anzeige auf und versicherte dem Wirt, dass man von Amts wegen, der Sache nachgehen werde. Ob er denn unerwähnt bleiben könne, wollte der Hirschenwirt noch wissen, denn ganz wohl war ihm bei der Sache nicht. Der Polizist runzelte die Stirn, fixierte ihn streng und meinte, zunächst schon, wenn aber an der Sache was dran wäre und es womöglich zu einer Verurteilung kommen würde, müsse er als Zeuge auftreten. Mit weichen Knien und einem sehr flauen Gefühl im Magen machte sich der Wirt auf den Heimweg.

Drei Tage später stand beim Pfauenwirt ein Polizeiauto auf dem Hof, zwei Uniformierte und zwei Kriminaler stiegen aus und wollten den Wirt sprechen. Lucie, die von der Entbindung immer noch geschwächt war, wurde kreidebleich und verdrückte sich rasch in ihr Zimmer. Das Verhör fand wiederum am Eichentisch statt, die Beamten trugen die Anschuldigungen vor und erwarteten eine Stellungnahme vom Wirt. Dieser wirkte sehr verunsichert, versuchte zwar, seine Unsicherheit möglichst burschikos zu übertönen. Aber die Beamten ließen sich nicht beeindrucken und fragten nach Lucie, die dann auch geholt wurde. Unter Tränen und mit zittriger Stimme berichtete sie von der Geburt und dass ihr Vater das Neugeborene zu den Barmherzigen Schwestern gebracht habe. Dass es dort nicht angekommen ist, wussten die Beamten schon, denn diese Möglichkeit, die damals oft als Ausweg ergriffen wurde, hatten sie schon im Vorfeld abgeklärt. Der Pfauenwirt musste mit auf die Wache in die Kreisstadt kommen. Als der Tross vom Hof fuhr hatten sich schon einige Gaffer eingefunden, die ihre Schadenfreude offen zur Schau trugen, ja einige klatschten sogar, als der Wirt ins Polizeiauto gedrängt wurde. Nach zwei Übernachtungen in der Arrestzelle und mehreren Verhören durch den Chefkriminaler, gestand der Wirt, das Kind unter dem Misthaufen begraben zu haben. Er bestand aber mit Nachdruck darauf, dass der Säugling tot zur Welt gekommen sei und nur deshalb habe er sich so verhalten. Ein lebendes Kind hätte er doch niemals im Mist verscharrt, er sei doch kein Monster. Er habe durch seine Tat nur seine Tochter und die Familie schützen wollen. Für den hinzugezogenen Amtsarzt war es ein Leichtes, den Wirt der Lüge zu überführen. Er machte den Lungen-Wasser-Test, dabei konnte man feststellen, dass der Säugling zum Zeitpunkt seiner „Beerdigung" geatmet hatte und somit erstickt wurde.

Die Gerichtsverhandlung, die ein halbes Jahr später stattfand, brachte dem Angeklagten 3 Jahre Zuchthaus ein, die im Gefängnis der Kreisstadt abzusitzen waren. Das Dorf hatte einen Skandal mehr, dem Pfauenhof ging es immer schlechter, man sprach von gerechter Sprache und dass kein Segen mehr auf dem Hof sei. Die Wirtschaft musste schließen, man wollte beim Kindsmörder kein Bier mehr trinken. Der Hof kam „unter den Hammer," die Bäuerin zog zu den Verwandten ins Allgäu. Lucie brauchte ein ganzes Jahr, um sich von dem Schock zu erholen. Danach meldete sie sich bei den Barmherzigen Schwestern, um als Novizin in den Orden aufgenommen zu werden. Da sie von der Hofversteigerung eine ordentliche Mitgift ins Kloster mitbrachte, sah die Oberin gnädigst vom Mangel der sündigen Vergangenheit ab. Erst nach vielen Jahren, in denen sie mit ihrem Vater kein Wort sprach, konnte sie ihm vergeben und das praktizieren, was in ihrem Orden das Motto war, nämlich: Barmherzigkeit und Vergebung.

Verirrungen

Der Titus hatte ein kleines Anwesen, mehr einen Zubrothof, wie es die Dörfler nannten. Seinen Lebensunterhalt verdiente er in der Fabrik in der Kreisstadt und als

Kessel - und Dachrinnenflicker nebenher. Eigentlich war er gelernter Flaschner, aber ein besonderes Geschick legte er in seinem Beruf nicht an den Tag, so dass es bei Ausbesserungsarbeiten im Dorf blieb. Regelmäßiger Gast war er beim Hirschen-Wirt, vor allem dann, wenn am Freitag die Lohntüten in der Fabrik verteilt wurden. Dann fuhr der Titus schnurstraks mit dem Fabrikomnibus auf sein Dorf und steuerte auf direktem Wege den „Hirschen" an. Am Stammtisch hatte er seinen reservierten Platz und da er nahezu ein Zweimeter-Mann und sehr kräftig war, machte ihm auch diesen niemand streitig. Bier und Schnaps gehörten zusammen, „trocken" bekam man das Bier schwer „hinter die Binde", wie er gern zu sagen pflegte. Nach vier bis fünf Lagen brüllte er „zahlen!" Beinahe andächtig zog er die Lohntüte raus und blätterte die Zechsumme dem Wirt auf den Tisch, inclusive üppigem Trinkgeld, verstand sich. Denn heute konnte er es sich ja leisten. Die glänzenden Augen der anderen Kumpels, die nicht mit Lohntüten bestückt waren, taten seinem Stolz gut, ja er sonnte sich förmlich darin. Allerdings ging er nach dem „zahlen", wie man annehmen sollte, nicht nach Hause, sondern trank weiter und brüllte dann wieder, nach circa zwei Stunden: „zahlen!" Dabei bestand er darauf, die ganze Zeche zu bezahlen, auch wenn der Wirt ihm klarzumachen versuchte, „Titus, du hast doch schon vorher bezahlt, es stehen nur noch drei Bier und zwei Schnäpse aus." Da wurde er drohend und verkündete mit verwaschener Stimme "wenn ich zahlen sag, dann wird gezahlt und über die Summe werde wohl ich am besten Bescheid wissen, wer hats denn getrunken, du oder ich?" Der Wirt schmunzelte in sich hinein und strich die Gesamtsumme nochmals ein. Was er sich dabei dachte, bleibt sein Geheimnis, ebenso die Meinung der anderen Gäste, die verhalten vor sich hin grinsten, aber kein Wort verloren. Zuhause fehlte das Geld natürlich, es ging eh knapp zu beim Titus, die Einnahmen aus der Fabrik waren bescheiden, aber doch die einzigen festen Einkünfte. Der Hof warf so gut wie nichts ab, eine Kuh, zwei Sauen, zwei Ziegen, fünfzehn Hennen und zwei Bienenvölker, das war in der Tat kaum erwähnenswert und lief mehr unter der Rubrik: Hobbyland-wirtschaft. Auch die Flickarbeiten bei den Leuten waren keine sicheren Einnahme-Posten, denn die Leute hatten nicht die beste Zahlungs-moral. Und so imponierend der Titus auch auftrat, vor allem auf dem Fußballplatz am Sonntag, das

Geldeintreiben war seine Sache nicht. Oft machte die Erna, seine Frau die Runde durchs Dorf, um die Ausstände, oder wenigstens einen Teil davon, einzuholen. Aber ihre schüchterne Art und ihr sanftes Wesen brachten sie meist um den Erfolg. Am Sonntag stand der Titus „auf dem Platz", schließlich war er Aushilfsschiedsrichter. Und er pfiff jämmerlich und vor allem parteiisch, was meist zur Folge hatte, dass das Vierte-Ligaspiel mit einer Keilerei endete, bei der Titus ordentlich zulangte. Von Sportsgeist war nicht mehr viel zu spüren, blutige Nasen waren an der „Sonntagsordnung" und ab und an kamen ein paar gebrochene Rippen und „Veilchen" dazu. Nach der Keilerei musste man sein Mütchen abkühlen und das bedeutete, dass die Meute schnurstraks ins Vereinslokal, nämlich in den Hirschen eilte. Meistens kam Titus sehr spät nach Hause und an der Tonlage seines Heimkehrerliedes „WALDESLUST" konnte man den Grad seiner Betrunkenheit schon lange vor seinem Eintreffen heraushören. Nun hatte der Titus nicht nur zwei Söhne, einer kam allerdings nicht mehr aus dem Krieg zurück, der andere war schon ausgezogen. Nein, er hatte auch drei hübsche Töchter, 18, 16, 15 Jahre alt. Die Mädchen mussten sich zu dritt die obere Stube und ein Bett teilen, denn die Wohnverhältnisse waren sehr beengt. Deshalb gab es oft Zankereien und Eifersüchteleien unter ihnen, man war halt zu dicht aufeinander gepfercht. Aber am Sonntagabend, wenn wieder ein Fußballspiel war und der Vater lange wegblieb, waren sie alarmiert. Einige von den Dorfkickern spendeten dem Titus ordentlich Freibier und ließen zu vorgerückter Stunde durchblicken, wie sehr sie seinen Speck und den Most von ihm schätzten, und eigentlich auch noch Hunger hätten. Da ließ sich der Titus nicht zweimal bitten, seine generöse Seite kam zum Vorschein und er lud die Kerle, meist waren es drei, vier, zu sich ein, um bei ihm nochmals zu vespern. Weil es ja im Hirschen keinen ordentlichen Speck gab, wie er mit einem Seitenhieb auf den Wirt lallend verkündete. Dass die Burschen natürlich nicht den Speck sondern das „Frischfleisch", also die jungen Mädchen, im Sinn hatten, spannte der arglose und schon sehr betrunkene Titus nicht im Mindesten. Einmal war der „Prachtvater" schon so betrunken, dass er beim Mostholen im Keller unters Fass fiel und sogleich einschlief. Die Burschen hörten sein Schnarchen und hatten nun freies Spiel, denn Erna war übers Wochenende zu ihrem Bruder in die Altstadt gefahren. Einer der Burschen, der Matteis vom

Unterdorf, allgemein als Holdrio und Weiberheld verschrien, hatte es auf Titus älteste Tochter, die Walburga, genannt Burgel abgesehen. Er war schon lange hinter ihr her, sie würdigte ihn aber keines Blickes, sondern zeigte ihm die kalte Schulter, was ihn nur noch mehr anmachte. Auch hatte er mit seinen Kumpeln eine Wette laufen, dass er die Burgel noch binnen Jahresfrist aufs Kreuz legen würde. Es ging also auch um seine Ehre und seinen guten Ruf. Wochentags hatte er kaum eine Chance, sich der Burgel zu nähern, denn sie ging als einzige von Titus Töchtern aufs Mädchengymnasium in die Kreisstadt. Nachmittags blieb sie zu Hause, half der Mutter im Stall und machte ihre Hausaufgaben mit großem Fleiß. Der Titus war mächtig stolz auf seine Burgel, was den Schwestern nicht gerade gefiel, denn sie hatten nicht annähernd so intensiv Vaters

Wohlwollen, im Gegenteil, zu ihnen war er über Maßen streng und hielt ihnen die Burgel allzu oft als Beispiel vor. Unten in der Wohnstube sonderte sich der Matteis von den anderen ab, schlich die knarrende Treppe zur oberen Kammer der Mädchen hinauf, klopfte an die versperrte Türe und säuselte ständig „Burgel, komm doch raus, ich muss dir was zeigen, ich hab dir was mitgebracht, es wird dir gefallen". Drinnen war es mucksmäuschenstill, die drei Mädchen kauerten auf dem Bett aneinander und wagten kaum zu atmen vor Angst. Burgel versuchte, sie zu trösten, indem sie flüsterte "keine Sorge, der kommt nicht rein, die Türe ist aus massivem Eichenholz, die hat der Zimmererfranz selbst gemacht und das Schloss ist auch stabil." Und so war es auch, der Matteis erkannte, dass er keine Chance hatte und stieg wieder die Treppe hinunter. Die anderen beiden Burschen hingen schlafend und schnarchend über dem Wohnzimmertisch, einer hatte sich schon übergeben. Matteis ging aus dem Haus, schlich an die Seitenwand genau unterhalb der Mädchenzimmer und rief "Burgel, Burgel, mach doch mal das Fenster auf, ich will dir was zeigen". Da wurde es der Burgel zu bunt, sie ergriff den übervollen Nachttopf, den die Mädchen im Laufe des langen und aufregenden Abends gefüllt hatten, denn auf den Abtritt, wie das Plumpsclo genannt wurde, traute sich keine mehr. Burgel öffnete leise das Fenster und schüttete mit einem Schwung dem Matteis den ganzen Inhalt auf den Kopf. Dieser, dermaßen unschön geduscht, sprang mit einem Satz zur Seite und machte sich unter üblen Flüchen und Verwünschungen auf den Heimweg, sein schöner

Sonntagsanzug, pitschnass und nach Urin stinkend, war nicht mehr zu gebrauchen. Das befreiende und auch schadenfrohe Gelächter der Mädchen war im ganzen Haus zu hören. Als der Titus gegen sechs Uhr aus seinem Rausch erwachte und sich die Kellertreppe hochschleppte, war keiner der Burschen mehr zu sehen. Die Wohnstube war ziemlich verwüstet, aber das sollte dann wieder ein Problem der Frauen sein, denn er musste schließlich pünktlich um sechs zum Fabrikbus und konnte sich um solchen Kram nicht kümmern. Auch war seine Erinnerung an den Vorabend doch recht lückenhaft und gegen seinen Brummschädel hatte er ein sehr probates Mittel: da weitermachen, wo man am Abend aufgehört hat.

Liebeskummer

Der September war in diesem Jahr besonders mild, so, als wolle sich der Sommer gar nicht verabschieden. Keine Frühnebel, kein „Altweiberhaar" am frühen Morgen, stattdessen eine schwüle Hitze, die sich auch aufs Gemüt zu legen begann. Magda war 24 Jahre alt, arbeitete in der Kunstseidefabrik in der Kreisstadt. Meistens wurde sie in der Spulerei eingesetzt. Gelernt hatte sie nichts, allzu gerne wäre sie Friseurin oder Schneiderin geworden. Der Vater ließ dies aber nicht zu, nicht, weil er es seiner Magda nicht gegönnt hätte, nein, es war schlicht kein Lehrgeld da und wozu sollten Mädchen auch einen Beruf erlernen? Erstens heiraten sie ja sowieso und das, was sie für die Ehe benötigten, nämlich Haushalt, Kochen, Nähen, Flicken und Putzen, das konnten sie von der Mutter lernen. Haushalten musste eine junge Frau können, also mit dem Geld umgehen, es zusammenhalten. Aber gerade bei diesem Posten war die Mutter nicht eben vorbildhaft, denn ihr rann das Geld sozusagen zwischen den Fingern durch, was oft zu lautstarken Auseinandersetzungen mit dem Haushaltsvorstand führte. Und so fuhr die Magda täglich mit dem Bus in die Fabrik und verrichtete dort als Ungelernte einfache Handlangerarbeiten, die sie zwar nicht anstrengten, aber auch nicht gerade förderten. Der Lohn war bescheiden wie sie selbst es auch war, die Hälfte ihres Ertrages musste sie Zuhause abgeben, die andere Hälfte wurde für die Aussteuer zurückgelegt. Mit 24 Jahren war sie schon an der Grenze des Heiratsalters, so dass der Vater immer dringlicher fragte, ob es denn keinen im Dorf geben würde, der ihr gefallen würde und der auch in Frage käme? Magda schüttelte nur den Kopf und wandte sich vom Vater ab, damit dieser ihre feuchten Augen nicht mitbekam. Wenn du wüsstest, dachte sie und versuchte, möglichst rasch aus der Stube zu verschwinden. Magda war nämlich über beide Ohren in den Sohn vom Moierhof, einem Kunstmaler, verliebt. Heimlich trafen sie sich, knutschten und fummelten heftig miteinander. Aber es war vollkommen klar, dass die Mutter vom Paul, so hieß ihr Schwarm, dieser Verbindung nie zustimmen werde. Zum einen hatte sie für ihren Paul besondere Pläne künstlerischer Art. Sie dachte an ein Kunststudium in der Landeshauptstadt, hatte nur das Studiengeld für ihn noch nicht ganz beisammen. Zum anderen war völlig klar, dass die Magda vom „Hungerleiderhof," wie sie ihr Elternhaus abfällig nannte, keine Partie für ihren Buben war. Und da der Paul zwar ein feinfühliges, aber auch ziemlich rückgratloses Kerlchen war, musste die Magda bitter erkennen, dass ihre Liebe aussichtslos war, denn Paulchen würde sich nie gegen seine Mutter stellen und somit nicht zu ihnen stehen können. Einen Vater gab es nicht mehr, er verunglückte tödlich vor drei Jahren beim Pflügen auf dem Feld. Paul hatte keine Geschwister und wurde nach dem Tod des Vaters Mutters „Sonnenschein." Böse Zungen munkelten, er sei zum „Ersatzmann" aufgestiegen und so ein richtiges Muttersöhnchen geworden. Auch musste er die Wirtschaften und öffentlichen Zusammenkünfte der Dorfjugend möglichst meiden, denn es konnte schnell passieren, dass ihm einer der Dorfproleten eine blutige Nase verpasste, weil er einfach so anders, so gar nicht ganzer Kerl, wie die anderen, war. Für Magda machte gerade das Anderssein von Paul den besonderen Reiz an ihm aus; mit den anderen Dorfrüpeln konnte sie noch nie viel anfangen. Paul grapschte ihr nicht- wie manche andere Burschen- in betrunkenem Zustand an den Busen, nein, er malte ihr Bildchen mit allerliebsten Motiven. So gab er ihr kürzlich eines, das einen Jungen, der mit einem Netz hinter einem Schmetterling her war, darstellte. Unterschrieben war das Bild mit dem Satz: "wart, dich krieg ich!" Solcherart Allegorien berührten Magda so sehr, dass sie nicht nur feuchte Augen bekam, sondern die Sehnsucht nach „ihrem" Paul am ganzen Körper spürte. Aber die Realität war eben auch sehr präsent, diese heimlichen Treffen „im Heu" wurden ihr immer mehr zum Problem, zumal es in der Scheune schon sehr heftig zuging. Und dann hatte sie ja auch noch einen Ruf zu verlieren, was in einem Dorf wie dem ihren schnell passieren konnte. Nicht auszudenken, wie ihr Vater reagieren würde, wenn er von der heimlichen Liaison Wind bekommen würde, oder sie am Ende gar noch schwanger würde. Denn die Verhütung, die sie und Paul praktizierten, war doch mehr als beliebig. Und so fasste sie sich eines Abends, bevor Paul wieder ungestüm und sie schwach werden würde, ein Herz, richtete sich auf und versuchte mit fester Stimme dem Paul zu sagen, dass dies ihre letzte Zusammenkunft sein müsse, auch wenn es ihr das Herz zerreißen würde. Paul verstand zunächst überhaupt nicht, was die Magda meinte und argumentierte, „es läuft doch alles gut mit uns, wir mögen uns und von unseren Treffen braucht niemand zu erfahren". Da wurde Magda aufbrausend und zischte ihn an „das ist es ja gerade, was mir Bauchschmerzen verursacht, dass es niemand erfahren darf; du stehst einfach nicht zu mir und wirst es nie tun, denn dann müsstest du dich ja gegen deine allmächtige Mutter stellen und dazu bist du nicht Manns genug". Diese Bemerkung saß und traf Paul an seinem wunden Punkt, denn die Muttersöhnchen-Leier konnte und wollte er nicht mehr hören. Er stand auf, knüpfte seine Lederhose zu und sagte noch kurz, „wenn du so über mich denkst, dann ist es wirklich besser, wenn wir uns nicht mehr sehen, leb wohl". Drehte sich auf dem Absatz um, und schritt stolz davon, ohne sich auch nur noch einmal umzuschauen, denn sonst hätte er gesehen, wie Magda tränenüberströmt und völlig in sich zusammengesunken auf dem Heuboden hockte. Nach einer halben Stunde stand Magda auf, strich ihr Kleid glatt, entfernte die letzten Heurückstände und machte sich auf den Heimweg. Sie ließ sich dabei viel Zeit, denn Schelte würde sie auf jeden Fall abbekommen, weil es schon wieder so spät geworden war. Wider Erwarten war aber niemand zu Hause, so dass sie unbemerkt in ihr Zimmer verschwinden konnte. In der nächsten Zeit achtete sie sehr darauf, alles zu vermeiden, was zu einer Begegnung mit Paul führen konnte. Ja, sogar vom sonntäglichen Kirchgang konnte sie sich immer wieder mit dem Hinweis auf Bauchkrämpfe drücken. Dies brachte ihr allerdings den besorgten Blick der Mutter ein, die dann ganz unverhohlen drohte „wenn du mir ein Kind heimbringst, schmeiß ich dich raus" Magda konnte diese Drohung nicht berühren, denn der Grund ihres Kummers war weit weg von „einem Kind heimbringen". Ein halbes Jahr später wurde ihr von einer Freundin zugetragen, dass „der Kunstmaler" jetzt in der Hauptstadt studieren würde. Er habe sogar schon eine Freundin, auch eine Studentin, allerdings aus „besserem Hause". Ganz nach dem Geschmack der Mutter, entfuhr es Magda bitter und sie versuchte, die Wunde nicht wieder aufbrechen zu lassen.

Unverhofft kommt oft

Die Enttäuschung mit Paul hatte Magda noch längst nicht verkraftet, sie versuchte mit allen Mitteln über ihn hinwegzukommen, es gelang ihr nicht. Selbst seine gemalten Bildchen konnte sie nicht wegwerfen, sie stapelte sie vorsichtig, beinahe zärtlich in ihrer Kommode. Immer wieder, wenn sie alleine in der Kammer war, holte sie das eine oder andere heraus, schaute es zärtlich an, streichelte darüber und schwelgte in Erinnerungen. Der Kitzel ihrer heimlichen Treffen, der Duft des Heus, sein Körpergeruch, die Küsse, alles stieg vor ihrem inneren Auge auf und ließ sie traurig und auch trotzig werden. Sie wollte aus ihrem Liebeskummer aussteigen und endlich wieder einen normalen Alltag haben.

Am nächsten Donnerstag war „Himmelfahrt", das bedeutete auf den beiden abgelegenen Aussiedlerhöfen, die auch bewirtschaftet wurden, gab es Tanz unter freiem Himmel. Auf dem Benthof spielte die heimische Musikkapelle.

Mit Ihrer besten Freundin Luise und noch ein paar anderen Mädchen machte sie sich nach dem Kirchgang auf den strammen Fußweg von eineinhalb Stunden, um zum Benthof zu gelangen. Der Weg führte über Wiesen, durch Wälder, war steinig und mühsam, so dass ihre „Tanzschuhe" arg darunter litten. Wenn man nicht aufpasste konnte es schon passieren, dass man mitten in einen Kuhfladen trat, was sich fürs beabsichtigte Tanzen nicht unbedingt günstig auswirkte. Es war aber eine heitere Ausgelassenheit unter den Mädchen, sie scherzten und rätselten, welcher Bursch wohl welche von ihnen auffordern würde.

Die meisten hatten natürlich ihre Favoriten, aber das behielten die Mädchen für sich, sie wollten sich ja nicht vor den anderen blamieren. Magda erlebte sich ein wenig außerhalb des Geschehens, sie wollte nur unter Leuten sein, ein wenig Ablenkung bekommen. Wer sie zum Tanzen auffordern würde, war ihr einerlei. Außerdem war sie die älteste unter den Mädchen und fand manche von ihnen schon ziemlich naiv und teils albern.

Auf dem Benthof angekommen, wurden die Mädchen mit großem Hallo von den Burschen, die teils auch aus anderen Dörfern, manche sogar aus der Stadt gekommen waren, empfangen.

Einer dieser Stadtburschen war Ignaz, Naze von den anderen genannt. Er war mit drei Kumpeln angerückt, um die Dorftrullen, wie sie die Mädchen vom Lande abfällig nannten, ein wenig „auf Trapp" zu bringen. Allerdings hatte Naze das Handikap, dass er ein miserabler Tänzer war und mehr auf den Füßen der Tanzpartnerinnen als auf dem Tanzboden rumtrampelte. Nichts desto trotz, drei doppelte Obstler intus, fasste er sich ein Herz und forderte die Magda zum Tanz auf. Die Musikkapelle posaunte angeblich einen Langsamen Walzer hinaus, das bekam er gerade noch mit. Magda schaute ihn gar nicht genau an, als er sie aufforderte, ihre Gedanken waren wieder mal zum weitentfernten Paul gewandert. Der Naze griff gleich beherzt zu und wirbelte Magda über den Tanzboden, so gut er es eben hinbrachte. Auch trat er ihr nur einmal auf die Zehen, entschuldigte sich gleich artig, was sie von den anderen Dorfburschen nicht kannte. Die pflaumten einen höchstens noch an, dass man doch aufpassen solle, wenn sie einem auf die Füße traten. Aber der Naze hatte Stil, auch stellte er sich ihr gleich vor, was ihr ebenfalls imponierte. So blieb es nicht bei dem einen Tanz, es wurden sogar drei. Danach setzten sie sich etwas abseits, redeten und stellten fest, dass sie in derselben Fabrik arbeiteten. Sie als Hilfskraft, er als Monteur. Nach dem Betenszeit-Läuten um 18.00 Uhr wurde die Tanzveranstaltung beendet. Magda machte sich mit ihren Freundinnen auf den Heimweg, der Naze war nirgends mehr zu sehen, auch hatte sie ihn schon fast vergessen.

Am kommenden Montag, in der Fabrik, tauchte plötzlich ein ihr bekannter Mann auf. Zunächst hatte sie ihn gar nicht gesehen, wie er da mit seinem Monteurskasten und im Blauen Anton stand. Erst als er sie ansprach und meinte, er müsse ihre Maschine warten, erkannte sie ihn:

es war Ignaz vom Tanzboden. Er wartete auffallend lange an ihrer Maschine rum und blickte dabei immer wieder ganz verstohlen auf sie, was ihr unangenehm war.

In den folgenden Wochen tauchte der Ignaz immer öfters in ihrer Halle auf und aus unerklärlichen Gründen war ausgerechnet an ihrer Maschine immer etwas zu richten oder zu warten. Als sie ihn dann etwas gereizt darauf ansprach, erwiderte er ganz unverhohlen "wenn du mal mit mir ausgehst, kann die Warterei deiner Maschine wieder etwas länger warten". Zunächst reagierte sie empört, denn sie hatte so gar nichts mit diesem aufdringlichen Monteur gemein. Als er aber am anderen Tag schon wieder dastand und am nächsten Tag wieder und immer wieder, gab sie nach und willigte für ein Treffen ein. Insgeheim imponierte ihr seine Hartnäckigkeit schon auch etwas.

Sie stellte fest, dass ein Mann, der weiß, was er will, sich wohltuend von „ihrem" zaudernden Paul abhob. Es sollte am kommenden Samstag stattfinden, er wollte sie mit seinem Motorrad abholen und mit ihr in eine Waldgaststätte, die einen wunderschönen Aussichtsplatz aufs Neckartal hat und zugleich ein keltischer Kraft-Ort sei, gehen. Vor so viel Wissen und Erfahrung schwieg Magda ehrfürchtig, sie war mehr als beeindruckt. Aber Zuhause abholen lassen wollte sie sich nicht, stattdessen erklärte sie ihm die Stelle am Ortsausgang, wo sie auf ihn warten würde. Es war ein „Zufall", dass sich die Stelle ungefähr fünfzig Meter entfernt von „ihrer Scheune", mit der sie viele Erinnerungen an Paul verband, befand. Als sie begann, sich für das bevorstehende Treffen mit Ignaz „rauszuputzen," wurden ihre jüngeren Schwestern samt der Mutter neugierig und wollten wissen, was anstehe. Aber Magda konterte kess, dass Neu-Gier auch eine Form von Gier, also ein Laster sei, das es zu bekämpfen gelte. Und im Übrigen berief sie sich auf ihr Alter von fast 25 Jahren, denn da könne sie ja wohl mal ausgehen, ohne gleich der ganzen Familie Rechenschaft zu geben. Der Vater beobachtete vom Sofa aus das Geschehen mit Wohlwollen, ihm war es sehr genehm, dass seine älteste Tochter wieder ausging, denn er wollte sie endlich verheiratet wissen. Wie Recht er damit haben würde, wird sich bald herausstellen.

Stadtkater vernascht Dorfmaus

Magda stand viel zu früh am ausgemachten Treffpunkt, hatte ihr bestes Kleid, und die passenden Halbschuhe an und schwenkte ihre Kunstlederhandtasche nervös hin und her. Dass sie bei allem immer zu früh fertig war, ärgerte sie zwar, aber wirklich ändern konnte sie es bis ins hohe Alter hinein nicht. Die Angst, zu spät zu kommen, nicht rechtzeitig fertig zu sein, saß ihr in den Gliedern und so musste sie viel Zeit ihres Lebens mit Warten verbringen. Ganz anders der Ignaz, er kam obligatorisch zu spät um seine Wichtigkeit, wenn man auf **ihn** wartete, herauszustellen. Und so war der Termin ihres Treffens schon um fünfzehn Minuten verstrichen, Magda wollte sich schon- zugegebenermaßen enttäuscht- auf den Heimweg machen, als sie das Knattern eines sich nähernden Motorrades vernahm. Und tatsächlich, da erschien er mit Ledermütze, Lederjacke, Lederstiefeln, er saß nicht, er thronte auf seiner BMW R32, Baujahr 1923, mit knallroten Sitzen. Der Motor tuckerte noch etwas, dann ging er aus, man konnte befürchten, dass er „abgesoffen" war. Aber keine Sorge, Ignaz kannte seine Maschine und konnte sie auch handhaben. Für Magda hatte er eine Wolljacke und ebenfalls eine Ledermütze mitgebracht. Er bestand darauf, dass sie beides anzog, auch wenn die Frisur dabei „flöten ging", wie sie bemerkte. Ganz Gentleman bemerkte Naze, dass er die Frisur ja nun gesehen und auch gewürdigt habe und wer weiß, wie lange sie am Abend gehalten hätte, denn Ignaz war dafür bekannt, dass er bei Mädchen immer schon weiter dachte, sozusagen ans Ende vom Abend. Sie saß hinten auf, umklammerte seine Hüfte und er legte ein flottes Tempo mit seiner BMW hin, denn schließlich musste er der Dorfmaus, wie er sie in Gedanken nannte, doch zeigen, was er drauf hatte. Eine Unsitte, der bis heute die Halbstarken noch verfallen, wenn sie ihren Mädchen imponieren wollen. So ganz nebenbei ließ er Magda wissen, dass die Waldgaststätte heute geschlossen sei. Dies sei aber kein Problem, denn den versprochenen Kraftort könne man dennoch ansteuern. Für Decken und ein Picknick habe er gesorgt, es sei alles in der Motorradsatteltasche verstaut. Magda hatte ein komisches Gefühl in der Magengegend, einen Druck, der sie noch öfters in

Zusammenhang mit Ignaz begleiten würde. Der sogenannte Kraftort lag mitten in einem Kiefernwäldchen, sehr versteckt, schwer zugänglich und, worauf Naze besonderen Wert legte, nicht einsehbar.

Als sie den Ort nach einer halben Stunde erreicht hatten, stellte Ignaz sein Motorrad an eine Buche, nahm die Decke und den Picknickbeutel und marschierte zielgerade an die von ihm ausgesuchte Stelle. Magdas Gedanken überschlugen sich, was hatte er wohl vor, sollte sie nicht lauthals protestieren und darauf bestehen, dass er sie sofort nach Hause fuhr? Aber merkwürdigerweise war auch ihre Neugierde erwacht, verbunden mit einem gewissen Kribbeln im Unterleib und einer allgemeinen Nervosität war sie doch gespannt, wie sich der stürmische Ignaz ihr gegenüber verhalten würde. Sie war ja auch nicht gerade unerfahren, denn bei ihrem Künstlergeliebten hatte sie schon längst ihre Jungfräulichkeit gelassen, was sie keinen Augenblick bereute. Nachdem Ignaz die Decke ausgebreitet hatte, entkorkte er gekonnt eine Flasche Trollinger und füllte die mitgebrachten Plastikbecher. Magda nahm einen ordentlichen Schluck Wein, die Nervosität, die Anspannung und Aufregung, all das brachte sie dazu, dass sie kräftig dem Wein zusprach, ganz vergessend, dass sie überhaupt keinen Alkohol vertrug. Der Trollinger enttäuschte nicht, er wurde zum „Weichzeichner" der Situation und eh sie sich versah, lag sie schon in Ignaz` Armen, der sich mit einer Hand an ihrem BH zu schaffen machte und gleichzeitig versuchte, Magda zu küssen. Sie ließ es geschehen. Er küsste sehr mäßig, es war viel Ungestümes in seinem Begehren. Nach dem sanften Paul mal eine ganz andere Erfahrung, die sie irgendwie reizte und auch gleichzeitig verwirrte. Nach dem dritten Becher Trollinger und einem „Kurzen" dazu hatte sie kein Höschen mehr an und Naze lag auf ihr und war schon in sie eingedrungen. Sie war –unbemerkt- dermaßen feucht geworden, dass Naze ohne Mühe „zur Sache" kam. Sie wollte eben protestieren, da spürte sie schon, wie sich sein Samen in ihr ausbreitete. Durch den verunglückten Interruptus lief die milchige Flüssigkeit auch über ihre Schenkel und tropfte auf den Teppich. Schlagartig war die seltsame Romantik dahin. Magda war plötzlich stocknüchtern, machte dem „erfahrenen Städter" harte Vorwürfe und bestand darauf, sofort Nachhause gefahren zu werden. Der tolle Ignaz wurde immer kleinlauter, packte alles zusammen und fuhr Magda in ihr Dorf zurück, diesmal allerdings so langsam, dass man befürchten musste, das Motorrad würde demnächst umkippen. Am bekannten Treffpunkt stieg sie ab, Ignaz wollte noch etwas von einem Wiedersehen stammeln. Aber ihr energisches , wortloses Abwinken ließ seine Worte im Halse vergurgeln, so dass nichts Deutliches mehr rauskam. Er fuhr nach Hause, sie ging nach Hause, wich den Fragen der Familie aus, schob Kopfschmerzen vor und legte sich ins Bett. Dort überkam sie ein Weinanfall nach dem anderen, sie fühlte sich übertölpelt, missbraucht und irgendwie auch beschmutzt. Und sie hatte eine schlimme Ahnung, die sie aber gleich wieder zu verdrängen versuchte. Der Gedanke, dass sie sich bei dieser unwürdigen und unromantischen Ejaculatio praecox - Nummer eine Schwangerschaft eingefangen haben könnte, war zu bedrohlich, als dass sie ihn an sich heranlassen konnte. Und noch war ja alles offen. Sie musste die nächste Blutung abwarten; stets bekam sie regelmäßig ihre Menstruation, schmerzhaft zwar, aber regelmäßig. Naze war da aus anderem Holz geschnitzt, er hatte schon kurz nach der Heimfahrt den Vorfall hinter sich gelassen und hatte auch – zunächst – keinen Anlass, sich „einen Kopf" zu machen. Allerdings vermied er es in nächster Zeit, den Arbeitsplatz von Magda anzustreben. Er machte einen großen Bogen um die Maschine, an der sie arbeitete. Wenn etwas zu reparieren war, so schickte er einen Kollegen vor, der das auch gerne übernahm, war Magda doch eine sehr hübsche, auch etwas herbe Schönheit.

Sechs Wochen später ließ Magda durch den Arbeitskollegen dem Naze ausrichten, dass sie ihn dringend sprechen müsse…

Katzenjammer

Ignaz hatte kein gutes Gefühl und ziemlich weiche Knie, als er sich zu dem Treffen mit Magda in die Kantine begab. Sie kam gleich zur Sache und ballerte los, ohne dass er auch nur ein Wort sagen konnte, nicht mal eine Begrüßung gab es. „Ich bin schwanger, was hast du dazu zu sagen, wie soll es weitergehen, du rücksichtsloser, unverantwortlicher, geiler Bock!" Seine Betroffenheit war nicht zu übersehen und seine Hilflosigkeit ebenso und er hörte sich tatsächlich kleinlaut stammeln "bist du sicher, dass du von mir schwanger bist?" Magda verschlug es die Sprache vor so viel Unverfrorenheit. Sie holte aus und schlug ihm mit voller Wucht ihre Hand ins Gesicht. Das Klatschen bekamen die anderen in der Kantine natürlich ebenfalls mit, was dem ganzen noch eine zusätzliche Dramatik verlieh. Ignaz war hochrot angelaufen, hätte vor Peinlichkeit im Erdboden versinken wollen. Als er sich einigermaßen wieder gefangen hatte, war Magda schon aus der Kantine gestürmt und tränenüberströmt an ihren Arbeitsplatz zurückgetaumelt. Die neugierigen Fragen der Kolleginnen konnte sie schroff abwehren („kümmert euch um euren eigenen Scheiß"), überhaupt war sie nicht auf den Mund gefallen und auch nicht zimperlich in der Wahl ihrer Worte.

Zuhause hatte sie ihre „freudige Erwartung" schon „gebeichtet", die Mutter tobte tagelang durchs Haus und nannte sie alles Mögliche, wobei Flittchen noch das harmloseste Attribut war. Der Vater sah das ganz pragmatisch indem er ihr erklärte, "von dem kriegsch a Kind, den heirotsch au, basta!" Der Gedanke, diesen Filou zu heiraten, bereitete ihr manche schlaflose

Nacht. Nazes Nächte waren nicht weniger kompliziert, er schlief, dank einiger Schoppen Wein oder Humpen Bier, zwar recht gut ein, wachte aber gegen drei Uhr morgens auf und war wie gerädert. Oder aber er schlief durch, träumte dann wirres Zeug. So wiederholte sich ein Traum immer wieder in dem seine Mutter ins Schlafzimmer kam, ihm mit einem Ruck die Decke wegzog und mit einem Kruzifix auf seinen Penis schlug. Dabei murmelte sie gebetsmühlenartig "Herr vergib mir, dass ich diesen Nichtsnutz geboren habe…Vater unser im Himmel…vergib uns unsere Schuld…Amen", gleichzeitig schaute sie ihn mit Augen wie Dolche an. Hatte er eh schon Respekt vor seiner erzkatholischen Mutter, so war dieser, seit sie von „seinem Unglück" erfuhr, in schiere Panik umgeschlagen. Seine ältere Schwester, die auch an einer unglücklichem Liebe zu ihrem verheirateten Vorgesetzten litt, wusste lange vor der Mutter Bescheid und mit einer Mischung aus Schadenfreude und Anteilnahme gab sie ihm den Tipp, die Magda zu einer Abtreibung zu drängen. Man könne ja dann der Mutter sagen, die Schwangerschaft sei „blinder Alarm" gewesen, beziehungsweise von alleine abgegangen. Und so kam es, dass er Magda einen Brief schrieb indem er mit blumigen Worten von „Wegmachen und Problem lösen und wieder den alten Status herstellen," die Möglichkeit einer Abtreibung andeutete. Auch teilte er mit, dass er bereits eine Frau gefunden habe, die sehr erfahren in „solchen Dingen" sei und auch nicht viel Geld nehmen würde. Einen Termin habe er auch schon bekommen, er sei in drei Wochen am… Magda trug den Brief tagelang mit sich herum und spielte den Gedanken einer Abtreibung immer wieder durch. Zum einen wollte sie ja Kinder, aber nicht auf diese Art und schon gar nicht mit diesem Kerl. Und von ihrem Glauben her war ihr der Abtreibungsgedanke eher fremd, ja sogar Sünde, wie der Herr Pfarrer immer wieder die jungen Mädchen sonntags von der Kanzel herab ermahnte. Und dann war noch die Ungewissheit dieser „Engelmacherin," wie diese Frauen allgemein genannt wurden. War sie seriös, war sie fachkundig und was geschah, wenn etwas schieflief? Viele Fragen, viele Ängste und dann aber auch der Gedanke, mit einem Eingriff alle Probleme los zu sein und die leidige Angelegenheit zu vergessen. Also sagte sie zu, sich zumindest die Frau mal anzusehen und dann könne man ja weiterentscheiden. Ignaz war erleichtert und kratzte seine ersparten Groschen zusammen, es könnte knapp reichen, die Engelmacherin zu bezahlen.

Einmal NEIN, einmal JA

Sie trafen sich an besagtem Tag vor der Haustüre der Frau und wurden dann beide in ein Hinterzimmer geführt, das einen sehr düsteren und schmuddeligen Eindruck machte, wie Magda gleich skeptisch registrierte. Zuerst wollte die Frau, sie war ungefähr Mitte Sechzig, hatte noch drei wackelige Frontzähne im Mund und eine schmierige ehemals weiße Schürze umgebunden, wohl ihre „Arbeitskleidung" wissen, wieviel Geld sie dabei hatten. Ob das das Wichtigste sei, fragte Magda. Ja, meinte die Frau, man solle sie Marte nennen, davon hinge die Qualität der Behandlung und die Wahl der Heilkräuter ab. Magda wollte noch weiter nachfragen, wurde aber vom „Vater ihres Kindes" jäh unterbrochen. Während er das mitgebrachte Geld auf den Tisch zählte, meinte er schroff und ungeduldig, sie sollen jetzt endlich anfangen, es sei doch alles geklärt und er warte draußen, bis die Sache vorbei sei. Magda war wie paralysiert, legte sich auf die bereitstehende Liege, Naze hatte inzwischen das Zimmer verlassen und steckte sich eine Zigarette an. Die Marte wurde rasch grob, herrschte Magda an, sie solle gefälligst die Beine richtig spreizen, sie wisse ja wohl, wie das gehe, sonst wäre sie ja wohl kaum schwanger geworden. Magda schluckte ihre Empörung runter, spreizte die Beine und streckte ihren entblößten Unterleib der Engelmacherin entgegen. Diese hatte inzwischen ein Fläschchen mit einer grünschimmernden Flüssigkeit und ein Klistier mit einem langen Schlauch geholt und zwei ehemals weiße Laken. Ziemlich grob und mit sichtlicher Schadenfreude führte, nein stieß sie den Schlauch in Magdas Scheide, dass Magda aufschrie und sogleich wieder die Zähne zusammenbiss. Mittels des Klistiers wurde die grünschimmernde Flüssigkeit in den Unterleib gepresst. Magda verspürte einen brennenden Schmerz, der sich wie eine Verätzung anfühlte. Kurz, bevor sie vor Schmerz das Bewusstsein verlor, nahm sie alle ihre Kraft zusammen, riss den Schlauch aus ihrem Unterleib, sprang auf und rannte an Naze vorbei zur Haustüre raus. Hinter ihr hörte sie noch das Fluchen und Zetern der Engelmacherin. Aber das erreichte sie nicht mehr. Ebenso wenig wie der verdutzte Naze, der ihr hinterher lief und ständig bettelte „so wart doch, ich komm nicht mehr mit!" Dass Ignaz doch auch Verständnis für ihre Panikreaktion hatte und ihr kaum Vorwürfe machte, ein wenig bedauerte er schon die „Fehlinvestition", bzw. das rausgeworfene Geld, wie er es mehrfach erwähnte, ließ Magda ihn in einem anderen Licht sehen. Es tat ihr gut, dass sie auch Seiten an ihm entdecken konnte, die ausbaufähig waren und wo auch ein gewisses Verantwortungsgefühl, verbunden mit Verlässlichkeit vorhanden war. Und so beschlossen beide, es miteinander zu versuchen und ganz entgegen ihrem Fehlstart, sich noch eine Chance einzuräumen. Naze ging von da an im Elternhaus von Magda ein und aus, am Wochenende durfte er sogar übernachten, nachdem beide durchblicken ließen, dass eine Heirat nicht mehr ausgeschlossen sei, was Magdas Vater besonders freute. Mit seinem zukünftigen Schwiegersohn verstand er sich prächtig und so wurde man sich bei Most und Speck einig, dass erst mal Magdas Niederkunft abgewartet werden solle, denn mit dickem Bauch steht man nicht im weißen Kleid vor dem Altar, wie der Vater verkündete. Sechs Monate später wurde Magda von einem Jungen entbunden, die Hochzeit fand nach weiteren fünf Monaten im Saalanbau des Pfauen statt, wie üblich war das ganze Dorf eingeladen und Magdas Verwandtschaft wunderte sich sehr, wie viele ferne und noch entferntere Verwandte es auf Ignaz Seite gab. Diese Verwandtschaft ließ es sich gutgehen, manche wurden bis zu drei Tage verköstigt (durchgemästet) und beherbergt. Dem Geldbeutel des Brautvaters setzte dies ordentlich zu. Die Freude über den Enkel und die nun geordneten Verhältnisse seiner Magda überwogen aber bei weitem. (Fortsetzung möglich, aber nicht sehr wahrscheinlich)

Der grobe Klotz

Marte (eigentlich Martin), war einer der reichsten Bauern im Dorf. Sein Wohlstand gründete sich nicht so sehr auf die Landwirtschaft, die zwar auch beträchtlich war, sondern auf seinen Fuhrbetrieb, den er zusätzlich unterhielt. Dieser bestand aus vier kräftigen und wunderschönen Süddeutschen Kaltblütern, zwei Wallache und zwei Stuten, und mehreren Leiterwägen. Zwei-bis dreimal, je nach Bedarf, fuhr er Waren in die zehn Kilometer entfernte Kreisstadt und ließ sich seine Fuhren gut bezahlen. Meist war er an Markttagen unterwegs, beförderte Kartoffel, Getreide, Ferkel, Geflügel, aber auch Saatgut und Haushaltsbedarf, sowie Holz und Kohlen für die Leute im Dorf.

Somit war er die einzige offizielle Verbindung zur Stadt und hatte dadurch eine Monopolstellung, die er je nach Laune die Leute auch spüren ließ. Wenn man etwas zu befördern hatte, holte er es beim Bauern ab, wollte man jedoch etwas von der Stadt gebracht haben, wollte Marte die Liste mit den Gütern schon am Abend vor der Abfahrt vorliegen haben, und zwar bis zum Betens Zeit läuten. Brachte jemand die Liste später vorbei, so lehnte er sie schroff ab und genoss sichtlich seine Machtposition.

Diese bekamen nicht nur die Dörfler zu spüren, nein, vor allem seine Familie litt sehr unter seinen Stimmungsschwankungen. Im Grunde seines Wesens war er immer noch der kleine "Tag-und Nachtbauer", der er einmal war, bevor er den Fuhrbetrieb gründete. Bei einer Wette im „Hirschen", bei der es darum ging, wer am schnellsten ein Dutzend Ferkel zum Metzger in die Stadt transportieren konnte, hatte er den Sieg davongetragen. Dies geschah so, dass er noch am selben Abend seine zwei „Schindmähren", die er damals im Stall stehen hatte, vor seinen Karren spannte, die Ferkel auflud und die alten Klepper dermaßen brutal mit der Peitsche antrieb, dass er den Sieg davon trug, seine Pferde dabei aber beinahe zusammenbrachen, was ihn wenig kümmerte. Auf dem Nachhauseweg kam ihm dann die „Erleuchtung", so einen Betrieb zu installieren. Geld war genügend auf der Raiffeisenkasse gebunkert, also kaufte er die beschriebenen Kaltblüter und gründete seinen Fuhrbetrieb. Die anderen Bauern staunten nicht schlecht, denn dies hatte man dem Marte nicht zugetraut. Mit den Umsätzen wuchs auch sein Ego, so dass er immer prahlerischer wurde und man hinter seinem Rücken munkelte, nun sei ihm der Erfolg völlig zu Kopf gestiegen. Gleichzeitig bedauerte man seine fünf Kinder und seine Frau Fevel (Genoveva), denn es verging kaum ein Abend, an dem nicht Geschrei und Gebrülle aus dem Hof zu vernehmen war. Oft rannte Fevel weinend und schluchzend über den Hof zur Scheune hin, um sich auf dem Heuboden vor ihrem Mann zu verstecken. Gesehen hatte es noch niemand, aber am Stammtisch waren sich die anderen Bauern einig, dass dem Marte gerne mal die Hand ausrutsche und zwar nicht nur in Richtung der Kinder, sondern auch gegenüber der Fevel. Besonders gemein war der „Fuhrherr" zu seinem ältesten Sohn Blasius. Dieser sollte einmal den Hof und Betrieb übernehmen, er wollte aber Zimmermann werden, womit der Marte nun gar nichts anfangen konnte, ja was er auch nicht hören wollte. Mit seinen vierzehn Jahren wurde er aus der Volksschule entlassen, eine Berufsentscheidung war fällig. Immer, wenn Blasius seinen Vater ansprach, ja geradezu bettelte, hagelte es für ihn Ohrfeigen und Hiebe auf den ganzen Körper. Hierbei ergriff der Marte, was in der Nähe lag und schlug zu. Einmal flog ein schwerer Hammer dicht an Blasius` Kopf vorbei, Blasius konnte sich noch reflexhaft ducken, sonst hätte ihn der Hammer mit voller Wucht getroffen.

Daraufhin packte Blasius in Windeseile ein paar Wäschestücke zusammen, stopfte sie in seinen Leinensack, plünderte noch die Geldbörse des Vaters und verschwand. Nach drei Tagen flehte die Fevel ihren Mann an, doch zum Landjäger zu gehen und den Sohn als verlustig zu melden. Doch Marte verhinderte in seiner Sturheit, dass eine Vermisstenanzeige aufgegeben wurde und verkündete nach allen Seiten, dass es um den „Tagdieb" nicht schade sei, er würde sicher vor die Hunde gehen.

Dem war aber nicht so, der Blasius fand im Bodenseeraum eine Lehrstelle als Zimmermann, mit Kost und Logis für "drei Jahr und drei Tag", wie der Lehrvertrag damals formuliert wurde. Der Meister war mit seinem neuen Lehrbuben hochzufrieden, übertrug ihm schon kleine verantwortungsvolle Tätigkeiten und des Meisters ältestes Töchterlein, immerhin schon sechzehn Jahre alt, bekam glänzende Augen, wenn der Blasius in der Nähe war.

Während sich beim Blasius die Geschicke zum Guten wendeten, lief es auf dem elterlichen Fuhrbetriebshof gerade umgekehrt. So gleichgültig und lautstark der Marte nach Außen tat, so sehr hatte ihn die Flucht seines Sohnes doch verletzt. Und so kam es, dass er immer intensiver zum allgemein üblichen dörflichen „Wunderheilmittel ALKOHOL" griff. Schon morgens trug er eine Fahne vor sich her, die eine Fliege tot umfallen ließ, seine Augen verloren ihren sturen Blick und die Glasigkeit gar nicht mehr. Am wankenden Gang war er leicht zu erkennen was ihm den Spitznamen „Schnapsmatrose" einbrachte. Fuhr er morgens noch einigermaßen klar im Kopf mit seinem Fuhrwerk in die Stadt, so war er auf dem Rückweg so besoffen, dass er im Leiterwagen lag und schnarchte, während seine Pferde den Weg zurück ins Dorf alleine fanden. Dort angekommen, blieben sie vor dem Stall stehen und wieherten. Dann mussten meist die Fevel und die Kinder den schnarchenden und um sich schlagenden Marte ins Bett tragen. Zum Dank ernteten sie Beschimpfungen der übelsten Art und massenhaft blaue Flecken, weil der „Herr" ständig noch um sich schlug.

Einmal im Jahr war in der Stadt Martini-Markt, und die Fevel bat ihren Mann, in die Stadt mitfahren zu dürfen. Sie müsse dringend notwendige Haushaltssachen kaufen und wolle auch mal raus aus dem Dorf. Wider Erwarten stimmte ihr Mann zu, was die Fevel sehr erstaunte, aber auch misstrauisch machte. Zu ihrer großen Überraschung hielt er sich mit dem Alkohol zurück, auch in der Stadt schüttete er das Bier nicht wie sonst Literweise in sich hinein. Sie trennten sich für ein paar Stunden, Marte hatte beim Metzger zu tun, Fevel schlenderte über den Markt und bewunderte das Angebot an den zahlreichen Ständen, hielt ab und zu Schwätzchen mit den Marktfrauen ab. Ihre Augen glänzten, als sie ein blaugeblümtes Schürzenkleid entdeckte, das genau ihre Größe hatte und wie angegossen passte. Sie bezahlte mit dem Haushaltsgeld, das ihr Marte mitgegeben hatte und ließ es sich in graues Packpapier einpacken. Das Bündel steckte sie dann in ihre große Einkaufstasche. Als sie Marte wieder traf, merkte sie sofort, dass er doch wieder ordentlich im Gasthaus Rössle getankt hatte, aber immer noch gehen und stehen konnte. Etwas schwerfällig kletterte er auf den Fuhrbock, Fevel half ein wenig nach. Sie hatte keine Mühe, dort hochzusteigen, war sie doch schlank und vor allem: nüchtern. Die Heimfahrt verlief wortkarg, viel hatte man sich ohnehin nicht mehr zu sagen, schließlich war man ja verheiratet, was manches erklärte. Zu Hause angelangt, wurden die

Pferde vom Knecht ausgeschirrt und oberflächlich gestriegelt. Nun wollte sie dem Marte ihre neue Errungenschaft vorführen. Dieser hatte sich inzwischen noch einen Krug Birnenmost eingeschenkt und zündete gerade seine Pfeife an, als Fevel in ihrem neuen Kleid stolz vor ihm auftrat, sich rechts und links drehte und auf Beifall von ihm wartete.

Aber da hatte sie sich verrechnet, plötzlich schoss eine Wutwelle in Marte hoch, er beschimpfte seine Frau aufs Übelste, „was fällt dir ein, ohne meine Zustimmung so einen Stadtfetzen zu kaufen, sind wir hier auf Modenschau, du bist eine Bäuerin und nicht so eine gelackte Stadtschnepfe." Damit stürzte er sich auf sie und riss der völlig verwirrten und enttäuschten Fevel das neue Kleid vom Leib, nahm den Stofffetzen, trug ihn zum Spaltklotz und zerhackte Fevels neuen Kleidertraum in tausend kleine Fetzen. Dabei fluchte er so laut und ausfallend, dass es im Unterdorf noch hörbar war.

Diese für sie sehr demütigende Erfahrung löste bei ihr eine Reaktion aus, derer sie sich vorher nicht zugetraut hätte. Wie in Trance nahm ihre vier restlichen Kinder, packte das Nötigste zusammen und machte sich zu Fuß auf den Weg zum Schloss Hohenstein, auf dem ihre ledige Schwester als Hausmädchen diente.

Als die Herrin der Schwester, die Gräfin Braska, die traurige Prozession ankommen sah, war für sie klar, dass sie die Emigranten aufnehmen würde. Im Schloss war genügend Platz und Arbeit gab es auch. Ihrem Bruder, dem Grafen, konnte sie leicht vermitteln, dass mit den Neuen auch neues Leben ins Schloss einziehen würde.

Obwohl nach mehreren Tagen dem Marte zugetragen wurde, dass seine Frau und die Kinder unter "dem Schutz des Grafen" seien, getraute er sich nicht, dort vorbeizufahren und seine Frau mitsamt Kindern zurückzuholen. Mit einer Entschuldigung und der einigermaßen glaubhaften Versicherung einer Besserung, hätte er es erreichen können. Aber wo die Feigheit triumphiert und der Alkohol der beste Freund wird, geht die Reise abwärts.

Und so dauerte es noch ein knappes Jahr, bis der Hof unter „den Hammer" kam, Marte hatte alles verwahrlosen lassen, seine Schulden wuchsen und in gleichem Tempo nahmen auch sein Gejammere und Selbstmitleid zu, er badete förmlich darin. Niemand wollte es mehr hören, wie übel ihm der Herrgott, dieser launische Tyrann, mitgespielt habe. Kurz danach musste er seinen

Hof verlassen, er machte sich auf den Weg ins Oberland bei Wangen. Dort fand er eine Stelle als Taglöhner und später als Knecht.

Wie berichtet wurde, starb er mit 67 Jahren, völlig vereinsamt, verarmt und ohne zuvor jemals wieder Kontakt zu einem seiner Familienmitglieder gehabt zu haben.

Tante Sophie

Ihr Name war unbewusst treffend gewählt, denn sie verkörperte viel Weisheit, war eine kluge Frau. In der heutigen Zeit hätte sie wahrscheinlich einen Studienabschluss und einen akademischen Beruf gehabt, aber damals kam sowas für ein Mädchen nicht in Frage.

Eine Option wäre der Eintritt in ein Nonnenkloster gewesen. Es war damals üblich, dass wenigstens ein Kind aus der Großfamilie ins Kloster geht, oder, wenn`s ganz gut lief, sogar Pfarrer wurde. Das war dann für die stolze Bauernfamilie sozusagen der direkte Draht nach oben.

Mit dem Kloster hätte es auch beinahe geklappt, Sophie war einverstanden, wenn, ja wenn ihr nicht der Waldemar über den Weg gelaufen wäre. Waldemar stammte aus ärmlichen Verhältnissen wie sie selber und so war von dieser Seite schon mal kein Hindernis zu erwarten. Sie trafen sich heimlich im Tannbühlwald. Händchenhaltend saßen sie stundenlang schweigend nebeneinander auf der Rasenbank. Sophie genoss die Stille im Kontrast zum Geschrei in ihrem Elternhaus und sah in Waldemar so etwas wie einen Weisen, zumindest solange er schwieg. So konnte sie munter drauf losprojizieren, sie dichtete ihm Tiefgang und tiefgründige Weisheit an, er genoss es, von ihr geschätzt zu werden und hütete sich, zu viel zu sagen.

Dass er überhaupt nicht viel zu sagen hatte, entdeckte Sophie erst viel später, was ihre Enttäuschung und ihren geheimen Groll erklärte. Geheiratet wurde dann alsbald, vor der Ehe gab es für Waldemar außer einem Küsschen in Ehren nichts. Und so vertröstete er sich auf die Hochzeitsnacht, die allerdings für beide Brautleute sehr ernüchternd verlief, bzw. zum Fiasko wurde. Wie bei vielen solcher Hochzeitsnächte damals waren die Erwartungen hoch, ebenso der Druck und damit verbunden die Versagensangst. Kurz, es kam zwar vom „Vollzug der Ehe", die Prozedur war aber für Beide ernüchternd, enttäuschend, ganz und gar nicht beglückend.

Dass man mit Erwartungen sparsam umzugehen habe, diese Lektion lernte die kluge Sophie in jener Nacht und auch fürs spätere Leben. Gesprochen wurde darüber miteinander selbstverständlich nicht weiter. Aber Sophie zog sich innerlich auf ihren katholischen Standpunkt zurück und fortan war „diese unliebsame Beigabe zur Ehe" nur für einen Zweck sinnvoll, nämlich zum Kinder zeugen.

Man versuchte es noch mehre Male brav und auch geduldig, Waldemar entwickelte immer mehr Lust am Beisammensein, Sophie dagegen wurde zunehmend abweisender, heute würde man es vielleicht frigider nennen. Als sie dann einmal bemerkte, dass ihr Waldemar "aufpasste", weil er vielleicht gar keine Kinder haben wollte, quartierte sie ihn kurzerhand aus dem ehelichen Schlafzimmer aus und beendete somit den körperlichen Aspekt ihrer Ehe. Sie führten nun eine sogenannte "Josefsehe", ein Begriff aus der Bibel, der eine asexuelle Ehe bezeichnet. Der arme Waldemar fand sein Nachtlager in der Stube, war enttäuscht und versuchte, so gut es ging, sich selber zu „helfen". Diese ihm aufgezwungene Abstinenz wirkte sich auch auf den Alltag der beiden aus. Waldemar trank gerne mal ein, zwei Bier, musste es aber heimlich tun, da seine Sophie den Alkohol und alle seine Begleiterscheinungen verabscheute. Wenn er ein Bier trinken wollte, oder gar nach einem Glas Most verlangte, so war ihr Standardspruch „wenn du Durst hast, koche ich dir einen Tee!" Damit war seine Lust auf Hochprozentiges vergangen und er schlürfte brav und angewidert ihren Kräutertee. Die Tante wurde immer strenger, die Dörfler nannten es „bigottischer", was auch die Töchter ihres Bruders zu spüren bekamen. Ständig kritisierte sie an den halbwüchsigen Mädchen herum, meist waren es die Haare, die ihr nicht gefielen. Genauso konnte es aber auch die Garderobe der Mädchen sein, die sie für nicht schicklich, also zu aufreizend, hielt.

Als eines der Mädchen dann zur Weihnachtszeit ungewollt schwanger wurde, war die Tante sehr erbost und bestrafte die Unglückliche dergestalt ab, dass sie den anderen ihre großzügigen Weihnachtsgeschenke verteilte, zur Schwangeren sagte sie mit spitzen Worten "du hast ja dein Christkindl schon im Bauch, du brauchst kein Weihnachtsgeschenk mehr." Diese Kränkung saß bei dem Mädchen dermaßen tief, dass sie es noch nach Jahren – unter Tränen – erzählte.

Die Tante wurde 96 Jahre alt, wohnte in einer kleinen Dachgeschosswohnung auf einem Hof; sie überlebte ihren Waldemar um 30 Jahre. Bei den Dörflern hatte sie den Beinamen „Sophie, die erzfromme Witwe", man begegnete ihr zwar reserviert, aber durchaus respektvoll.

Ausblick

Das waren sie also, die „Geschichten aus dem Sackdorf". Ähnlichkeiten mit realen Personen und Begebenheiten sind nicht auszuschließen, wurden aber auch nicht beabsichtigt.

Zum Autor

h. g. becht, 1949 in der ältesten Stadt Baden-Württembergs geboren, absolvierte zunächst eine Lehre im Postfachdienst. Während der Bundeswehr und danach erlangte er die Hochschulreife, studierte Berufspädagogik, später noch Tiefenpsychologie am C. G. Jung – Institut Stuttgart. Er war jahrelang als Lehrer und zugleich Psychotherapeut für Kinder und Jugendliche in eigener Praxis tätig. Eine Erkrankung erzwang ihn zur vorzeitigen Berufsaufgabe. Zunächst widmete er sich verstärkt verschiedenen ehrenamtlichen Aufgaben, zum Beispiel als Sterbebegleiter am Hospiz Stuttgart und der Betreuung einer Migrantengroßfamilie aus Pakistan, heute seinem Hobby, dem Schreiben. Im Frühjahr ist bei epubli das Comicbändchen „Gedanken-Spiele" von ihm erschienen.

Heute lebt er mit seiner zweiten Frau in Stuttgart. Aus erster Ehe entstammt ein Sohn, der verheiratet ist und zwei Töchter hat.

Menschliche Grenzerfahrungen, Schattenthemen, Skurrilitäten und gesellschaftspolitische Tendenzen interessierten den Autor schon immer besonders.

„Wer bekommt, was er will, ist erfolgreich. Wer mag, was er bekommt, ist glücklich"

(Martin Luther)